AF339796

PRIX : 1 FR.

AVEC LITHOGRAPHIE.

DU MÊME AUTEUR,

La Mort de Kléber, tragédie en trois actes, ornée
dn portrait du général .... 2 «
La même, papier vélin..................... ..... 4 «

*Tous les exemplaires non signés du Libraire seront réputes
contrefaits.*

IMPRIMERIE DE MOCQUET.

Devant l'portrait de c'grand homme qu'on admire,
Je me découvre en passant dans l'Foyer;
Il m'a semblé que je l'voyais sourire....
C'est p'tetr'de joi d'avoir un héritier!

Lith. de A. Cornillon.   Chez Duvernois, libraire, cour des Fontaines.

CADET BUTEUX

A L'ÉCOLE

DES VIEILLARDS,

Pot-pourri en 5 Actes,

PRÉCÉDÉ D'UN PROLOGUE,

Par M. Jacinthe LECLERE,

Convive des Soupers de Momus.

SECONDE EDITION.

PARIS,

AU MAGASIN DE PIECES DE THEATRE,

CHEZ DUVERNOIS, LIBRAIRE,

Cour des Fontaines, n°. 4, et Passage de Henri IV,
n°. 12 et 14.

1824.

CADET BUTEUX

A L'ÉCOLE DES VIEILLARDS.

PROLOGUE.

« Mon pauvr' Cadet, voilà qu'ton chef grisonne,
M'disait hier madam' Cadet Buteux :
» L'feu d'nos amours que vain'ment je tisonne,
» Se r'ssent d'l'hiver ; il gèle entre nous deux !
» Va faire un tour, la soiré' m'paraît belle...
» Moi j'la pass'rai chez le voisin François ;
» Ça ménag'ra d'autant ce bout d'chandelle,
» Et c'plaisir-là n'f'ra pas baisser ton bois. »

Air du Pot de fleurs.

Moi qu'a bon nez, drès l'matin sur l'affiche
J'avais r'luqué les noms d'MARS et d'TALMA ;
Quarant' quatr' sous y pass'ront, mais j'm'en fiche !
Je me sens pris à l'ham'çon d'ces noms-là.
Gny a pas d'danger que la pièc' dégringole,
Ce n'sont pas là d'vos acteurs de deux yards,
J'crais qu'en allant à l'Écol' des Viejllards
    Je ne ferons point une école.

Air : Vaudeville de Partie carrée ;

ou du Dieu des bonnes gens. *(De Béranger.)*

D'aucuns diront : « A l'école à son âge !
» Il f'rait ben mieux d'y mettre ses enfans ;
» C'faignant d'Cadet ne s'ra donc jamais sage,
» Au jour le jour, v'là comm' sont les p'tit's gens.
» Vider sa bourse au pestaqu' ! ça nous passe,
» Quand on n'a pas tant seul'ment d'quoi s'vêtir ! »
— Raison de plus, messieurs, pour que j'me r'passe
      La pièc' de Casimir.

Air : Une fille est un oiseau,

ou Sitôt pris, sitôt pendu. *(de la Vestale.)*

Après trois heures d'faction
La port' s'ouvre, on se bouscule ;
Le flot avance ou recule,
C'est pis qu'un' révolution !
Un' lanterne avec vacarme
Se brise, et prenant l'alarme,
Stapendant que l'bon gendarme
Se r'tourn' d'un air mécontent,
Moi, sans dir' mot, je m' faufile,
Et voyant l'quinquet qui file,
Je m'dépêch' d'en faire autant.

Air : Il était un p'tit moine.

Comm' de m' plácer je grille,

Je cours, mais pan !
V'là qu'un ch'napan
Me pousse, et dans la grille,
D'mon frac je laisse un pan,
Qui pend,
D'mon frac j'y laisse un pan.

AIR : Pégase est un cheval qui porte.

Mais j'suis l'premier, je r'prends haleine,
Et ne suis pas pus étonné
Que d'voir déjà la sall' tout' pleine,
Et z'un chacun me rire au né :
« Tout s'emmanche au mieux et d'la sorte,
Me dis-je, vexé de c'trafic,
L'public fait la queue à la porte...
Ces Messieurs la font au public. »

AIR : Si Dorilas médit des femmes.

Dieu ! queux toilett's ! je n'vois personne
Qui n'ait d'ces schalls que j'trouv' si laids :
Gnya pas jusqu'aux homm's, Dieu m'pardonne,
Qui n'en fourrent sous leux gilets.
D'leux goût pour ces étoff's si chères
Je d'vin' ben la raison tout bas :
Ces Dames n'en porteraient guères...
Si ces Messieurs n'en portaient pas.

———

~~~~~~

ACTE PREMIER.

—————

Air du Calife de Bagdad,

ou Vive l'amour et la gaîté !

Mais enfin la pièce commence,
J'voyons paraîtr' monsieu Talma :
Il tremble un peu, mais tout s'compense,
Il prend bien sa r'vanch' dans Sylla.
Chacun son tour : à ne rien taire
Le ciel est juste, et d'vant l'parterre,
Il gn'ya pas d'mal que les tyrans
Tremblent un peu de tems en tems.

Air de Ninon chez madame de Sévigné,

ou Tout en est beau, tout en est bon.

A son ami Bonnard Danville
Apprend d'un air contrarié
Qu'il vient se fixer à la ville,
Attendu qu'il est r'marié.
~~~~~~

— « Et t'es t'heureux ? — Oui dà, j'm'en vante ;
» Il m'pleut tous les jours des amis ;
» Ma femme est bonne et ravissante ;
» Elle a vingt ans, j' n'en ai qu' soixante...
» Juge, Bonnard, si je le suis !
     » Oui, je le suis (4 *fois*).

Air : Tout comme a fait mon père. (*d'Alexis*.)

Bonnard répond : « chacun son goût ;
   » Mais un mari d'notre âge,
   » Pour un' femm', fût-ell' sage,
» Est, mon cher, un fichu ragoût !
    » Pour moi qui m'aime
    » D'amour extrême,
    » J'ai pour systême
  » De m'suffire à moi-même :
» Et quoiqu' je sois un fin renard,
» Oui, quoiqu' je sois un fin renard,
    » Bonnard,
    » Bonnard
  » Rime trop à cornard....
  » C'est pourquoi je préfère
  » Me passer d'femm', pour faire
» Tout comme a fait, tout comme a fait mon père. »

Air : Voulez-vous savoir l'histoire de Manon Giroux ?

L'cher homm' qui m'a l'air timide,
    D'un chat échaudé,
Dit qu'il n' trouv' pas trop solide,
   L'Tiers Consolidé :

Quoiqu' je n'sach' guèr' c'qu'il veut dire,
L'sentiment z'à part,
J' tiens qu'il n'est pas bien d' médire
Du tiers ni du quart.

AIR : Je loge au quatrième étage.

Là-d'ssus arrive un domestique
Qu'a tout l'air d'un carêm' pernant ;
Danvill' lui dit : quell' mouch' te pique ?
—Quell'mouch'? c'est l'train qu' nous m'nons maint'nant.
Nous avons voitur'.... c'est un' honte :
En dîners madam' mang' vot' bien....
— Allons, dit Danvill', c'est z'un conte !...
— Compte ou non, j' veux avoir le mien.

AIR du Ballet des Pierrots.

Mais j' voyons v'nir madame Hortense,
Et les yeux m' manqu'nt pour la r'garder ;
A qui c'te douc' voix, c'te prestance,
N'en donn'raient-ils pas à garder ?
Espérer d' sortir, la têt' sauve,
Des filets d'un pareil objet,
M'est avis que, pour un front chauve,
C'est avoir un fameux toupet.

AIR : Charmante Gabrielle.

Le bon mari débute
Par lui montrer les dents,
Mais en moins d'un' minute,
La fin' mouch' le met d'dans.

Tant et si bien qu'en somme ,
J' voyons tretous ,
S' ramollir l' pauv' cher homme...
C' que c'est que d' nous !

Air du Curé de Pompone.

Au milieu de c' doux épanch'ment ,
Entre un' sempiternelle,
Qui, pour un' prom'nad', soi-disant,
Vient enlever la belle.
C'te vieill'-là m' fait
Un drôl' d'effet....
C' n'est pas qu' j'en veuill' médire ;
Mais, foi d'homm', c'est qu'ell' m'a
L'air d'un' ma....
D'un' maman pour de rire.

Air : La plus belle promenade.

Danvill' leux cri' : « Bon voyage !
« J' vas arpenter c'gueux d' Paris... »
Il veut prendr' son équipage ,
Par malheur sa femm' l'a pris...
Tout d' même il fait la grimace,
Et j' vois l' quart d'heure où
L' vieu fou ,
Faute d' sapins sur la place,
F'ra ses visit's en coucou.

ACTE DEUXIÈME.

***

AIR : J'arrive à pied de province,
ou On ordonne à la R'ligieuse. (*de la Vestale.*)

Drès qu' la seconde act' commence,
   Danvill', comme un crin,
A la mère d' son Hortense,
   Vient faire du train.
» — Qu'est-c' qui vous prend donc? — Madame,
   « Il m' prend que j' devien
« Des 'Thuil'ri's, où c' que ma femme
   « M'a r'çu comme un chien.

AIR : Ah! le bel oiseau, maman!

« Ah! le beau jardin, pas trop!
   « Pour qu'on s'y porte
     « D' la sorte!
« Ah! le beau jardin, pas trop!
« Si l'on m'y r'voit, il f'ra chaud!

« J' vois des nigauds d' tous les rangs,
« Dans une allé' des plus p'tites,
« Se serrer comme d' z'harengs,
« S'entasser comm' des pomm's cuites...
« Ah! le beau jardin, pas trop!
  « Pour qu'on s'y porte
   « D' la sorte
« Ah! le beau jardin, pas trop
« Si l'on m'y r'voit, il f'ra chaud!

« C'est ma femm' que je crois voir,
« Pour la joindre en vain j' m'échauffe;
« J' cuis dans mon jus... vain espoir,
« C' n'est pas pour moi que l' four chauffe.
« Ah! le beau jardin, pas trop!
  « Pour qu'on s'y porte
   « D' la sorte!
« Ah! le beau jardin, pas trop!
« Si l'on m'y r'voit, il f'ra chaud!

« De loin, à c't objet chéri,
« J' fais des sign's... mais, pas si bête!
« Gny a pas d' danger qu' son mari
« Lui fasse tourner la tête.
« Ah! le beau jardin, pas trop!
  « Pour qu'on s'y porte
   « D' la sorte!
« Ah! le beau jardin, pas trop!
« Si l'on m'y r'voit, il f'ra chaud!

Air : En revenant de Bâle en Suisse.

« Quel est c' grand brun qui, d'un air tendre,
« D' madam' ma femm' tenait le bras ?
« — Mais c'est un duc et pair, mon gendre !
» — Pair ou non, c' jeu-là ne m' plaît pas. »
  Dans ce moment même,
  C' duc, qu'est pas manchot,
  Comme mars en carême,
  Arrive tout chaud.

Air : Tous les Bourgeois de Châtres.

 D'un air de saint' nitouche,
 L' duc les invit' tretous
 D'un bal, où, dru comm' mouche,
 Les plac's pleuv'nt aux époux.
Danvill' y s'ra nommé, pas moyen d' s'en dédire.
 Monsieur refus', madam' consent,
 Et l' duc détale, en homm' qu'entend
  Ce que parler veut dire.

Air : Mesd'moiselles, voulez-vous danser ?

» Mon p'tit chou, vous m' mèn'rez danser ?
  « Dit Hortense,
  « Qui n' rêv' que danse ;
« Mon p'tit chou, vous m' mèn'rez danser,
« Ou l' bastringue va commencer.

« — Ce n' sont pas des raisons, ma femme.
« — Si fait, c'en sont, répond la dame.
« — C'en sont ? C'est trop fort, dit l'époux,
« Pour un' mâchoire m' prenez-vous ?

« J' n'entends pas qu' vous alliez danser,
  « R'prend Danville
  « Qui fait d' la bile,
 » J' n'entends pas qu' vous alliez danser,
 » Ou l' bastringue va r'commencer. »

   AIR de la Parole. (*de Sargine.*)

 » C' que j'ai sur l' cœur je n' le mâch' pas ;
 » De vot' s'rin d' Duc j' n'aim' pas l' ramage,
 » Et j'ai plein l' dos d' vos grands repas
 » Où je ne mang' que du fromage.
 » Plus vît' que ça je veux r' lâcher
 » C' tilà qui m' lâche un' platitude :
 » Pour r'apprendre à cracher, m' moucher,
 » Pour changer mon heur' de m' coucher,
 » J' suis trop animal (*bis*) d'habitude.

   AIR : Ah ! faut-il qu'un homme soit....

ou Ah ! si madame me voyait ! (*de Romagnési.*)

   C'est égal ,
  Vous viendrez au bal ?
Marmotte Hortense. — Allez lanlaire !
Lui répond Danville en colère.
— Je veux danser. — Cris superflus !
Je vous l' défends. — Raison de plus.
Me prenez-vous pour un' pécore ?
— M' prenez-vous pour un cornichon ?
— J' crois, Dieu m' pardonn', qu'il s'plaint encore?
Ah! faut-il qu'un homm' soit.... méchant !

ACTE TROISIÈME.

AIR : Tarare pompon.

Gageons, sans êtr' devin,
Que l' bonhomm' se rétracte !
En effet, dans l'entr'acte,
Il met d' l'eau dans son vin.
On s' dout' ben qu'à sa femme
Il n'a pas, l' pauvr' garçon,
Plutôt dit oui qu' la dame
Dit non.

AIR du Lendemain.

ou N' croyez pas, ma cocotte. *(de la Vestale.)*

V'là qu'on s' rapapillotte
Aussi vît' qu'on s' courrouça :
Tout d' même à ma Javotte
J' montrons plus d' moëlle qu' ça...
Là-d'ssus mon s'rin quitt' sa femme,
Et l' Duc, qui sait manœuvrer,
Fait dmander si chez madame

On peut entrer.

Air : de la Pipe de tabac. *(du petit Matelot.)*

Au bal il vient mener la belle,
Qui s' fait d'abord un peu prier ;
Pourtant l'on voit ben qu' la nouvelle
N'a pas l'air d'la contrarier.
A Danvill' qu'ell' vous pri' d'attendre
Elle écrit qu'elle va rentrer ;
Les v'là partis.... bien qu'il soit tendre,
L'poulet s'ra dur à digérer.

Air : Mon père était pot.

Danville arrive tout content :
» Qu'est-ce qu'il gny a ? — C'est un' lettre
» Qu'en vos mains, madame, à l'instant
    » M'a chargé de remettre. »
        Il ouvr' le billet,
        S'écri' : queu déchet !
    Et sur la chais' voisine
        Tomb' le sang figé
        Comm' s'il eût mangé
    D'*la salad'* de Morphine.

Air : Ma commère, quand je danse.

    L'instant d'après de la danse,
        Le goût
    Lui r'naît tout à coup :
Sans s' douter d'la manigance,
        Accourt Bonnard
        Tout gaillard :

« Je viens souper. — Tu viens trop tard.
» Je cours au bal, pardon, excuse, car
 » Tu souperas comm' je danse...
 » — Bien du plaisir, dit Bonnard! »

ACTE QUATRIÈME.

AIR : Lise épouse l'beau Gernance.

Sans son mari r'vient Hortense,
Qui, tremblant d'avoir sa danse,
Cherch' par quel bout ell' l'prendra
Pour lui faire avaler ça.
Pendant qu'ell' gémit, qu'ell' pleure,
L'duc entr' sans être annoncé :
Queuqu'zun trouv'ront qu' c'est d'bonne heure,
Car il est minuit passé.

AIR : Vers le temple de l'hymen.

Comme on l'écout' volontiers,
Avec la belle il jabotte,
Et lui conte à propos d'botte
Qu'il est dans ses p'tits souliers ;
Vu qu' l'amour, l'anné' dernière,
L'y a fait un' boutonnière
A l'endroit d'un' parsonnière
Dont il n'os' se dir' l'amant...,
Aussi j' voyons que l'beau sire
Prend des mitain's pour lui dire :
« Vot' cœur m'irait comme un gant. »

AIR : Gueurnadier, que tu m'affliges.

L'pis c'est qu'sa particulière
S'trouve en puissance d'mari.

« — Bah ! qu'ell' dit. — Mais, qu'il ajoute,
» Si c't'honnêt' femm' c'était vous ?
» — Eh ben ! en v'là d'un' sévère,
» Pour qui donc que vous m' prenez ?
« Fichez-moi l'camp !
» — Est-c'là,
» Tout c'que
» Vous m'dites ?...
» *J' vous dis qu'vous m'épouvantez !* »

Air : Où s'en vont ces gais bergers ?

Ça l'défris', mais stapendant
Sans bouger il la r'garde ;
Moi, d'peur de queuqu'accident,
J'allions app'ler la garde...
Heureus'ment comm' le Père Eternel
Veut qu'la vertu l'emporte,
V'là l'mari qui, par un coup du ciel,
En frapp' deux à la porte.

Air : Mon père m'a donné mari.

» Au chat ! au chat ! c'est mon mari, »
S'écrie Hortense
Toûte en transe :
» Cachons-nous vît' ! c'est le mari,
» Reprend le duc tout ahuri. »

Air : Des Fraîses.

L' duc se cach', tandis qu' l'époux

Flâne encor dans l' z'autr's chambres :
Mon dieu ! dit la dame en d'ssous,
    Fais qu'il s'en tire avec tous
      Ses membres ! (*ter.*)

Air : Dépêchons, dépêchons, dépêchons-nous.

» C'est comm' ça
» Que vous m' plantez là !
» Dit d'un' voix sévère
» L'époux qui s' dout' de l'affaire ;
» C'est comm' ça
» Que vous m' plantez-là !
D'où vient ce mystère ?
A quoi tout c'la rim'-t-il ?
Ah ! j'en tiens, ah ! j'en tiens, ah ! j'en tiens l' fil !
Ça d'vient d' la bamboche,
Gn'ya là queuque anguill' sous roche...
» Oh ! quel tour ! oh ! quel tour ! oh ! quel tourment !
» Les oreill's m'en corn'nt et la tête m'en fend.

Air : du Roi d'Yvetot.

» De quel livr', quand je suis entré,
» Faisiez-vous donc lecture ?
» C'est Molière... bien rencontré !
» Le choix est d' bon augure.
» C't auteur-là vous met toute en feu ;
» Vous devriez cacher un peu
» Votr' jeu...
» Oh, oh, oh, oh ! ah, ah, ah, ah !
Quel est ce papier que voilà
» Là, là ? »

AIR : Du haut en bas.

» — C'est votr' brevet,
» Prenez-l', Monsieur, j' vous en prie ;
» C'est vot' brevet
» Que dans sa poch' le duc avait :
» — Oh ciel ! dit l'époux en furie,
» Plus d' dout' ! je suis d' la confrérie !
» J' tiens mon brevet ! »

AIR : Bonjour, mon ami Vincent.

Où vous l'a-t-on r'mis ? — Au bal.
— Ma fureur n'a plus de bornes...
C'est au bal ? ah ! bal fatal !
Chacun m'y faisait les cornes.
Mais pour m' fair' la queu', m' croit-on si caduc ?
Quand paum'rai-je t'i donc la gueule à c' chien d' duc ?
C'est un infâme,
Il n'a pas d'ame...
— Et c' pauvr' duc qu'est là ! dit Hortens' tout bas,
Ça lui va-t-il bien (*ter.*), ça n' le bless'-t-il pas ?

AIR : Cocu, cocu, mon père,

ou du Carillon de Dunkerque.

» Monsieur, faut que j' vous quitte,
» Baisez, baisez-moi vîte...
» — Qu'allez-vous donc chercher ?
» — Moi ? rien. J' m'en vas m' coucher,
» Ne fait's pas d' mauvais rêve,..
» — Ce baiser là m'achéve,

» Dit l'époux déconfit,
» Ça n' lui f'ra pas d' profit. »
Là-d'ssus ell' s' sauve, il s' cache,
Comm' s'ils jouaient à cach' cache :
L' duc sort, croyant qu' c'est fait...
Faut pas d'mander qu'est-c' qui l'est.

Air : Monsieur l'Abbé, où courez-vous ?

Monsieur le Duc, votr' compte est bon,
De la farce vous s'rez l' dindon :
En rencontres pareilles,
Eh bien !
D' pus fins laiss'nt leux oreilles...
Vous m'entendez bien.

Air : Eh ! ma mer' est-c' que j' sais ça.

Voyant que c'est fini d' rire ;
L' paroissien veut filer doux...
» Minut'! j'ons deux mots à t' dire,
Lui cri', l' trop sensible époux :
» De toi, z'et d' ta chienn' de fête
» J' commenc' d'en avoir assez ;
» Tu m'as trop donné d' cass' tête...
« Tu paieras les pots cassés.

Air : R'lantanplan tirelire.

» Insolent,
» J' connais ton plan,
» En plein plan,
» R'lantanplan ;
» Mais tu n'es pas blanc.

» Choisis d' nous percer le flanc
» Ou d' sauter par la f'nêtre ;
» Apprends à me connaître !
» J' suis vif comme un salpêtre :
» Faut qu' tu lav's l'affront sanglant,
   » En plein plan,
   » R'lantanplan,
» Fait à c' toupet blanc.
   » — Quand?
   » R'prend
   » L'amant :
   » — A l'instant,
» Je n' te prends pas en traître.
» — Mais vous la gob'rez p't-être?
» — J' crois que j'en suis bien l' maître.
» C' n'est pas l' cas de fair' semblant,
   » En plein plan,
   » R'lantanplan;
   » — Suffit, dit l' galant :
» Je n' vous laiss'rai pas en plan ;
» Sur ce, j'ai l'honneur d'être... »

ACTE CINQUIÈME.

AIR : Réveillez-vous, belle endormie.

V'là la cintième act' qui commence,
J' dis qu' ça promet d'être étoffé ;
Pour Danvill' moi j' pari' d'avance,
Car il m'a l'air d'être né coiffé.

AIR : Gaîment je m'accommode de tout.

(*du Bouffe et le Tailleur.*)

Il arrive d' colère
        Tremblant ;
M'est avis qu'il vient d' faire
        Choublanc ;
Car tout bas il marronne
    » Queu sort !
» Tant tués qu' blessés, personne
    » De mort ! »

AIR : Eh ! gai, gai, gai, mon officier !

» Eh ! gai, gai, gai, cri' d' loin Bonnard,
    » Que j' t'embrasse
    » De grâce !
Eh ! gai, gai, gai, l'ami Bonnard,
» D' ta joi' vient prendr' sa part.

» Je te fais, sur ta place,
» Mon compliment, ma foi ! »
Mais Danvill', tout de glace,
Répond qu'il gn'y a pas d' quoi.
  » Eh ! gai, gai, gai, répèt' Bonnard,
    » Que j' t'embrasse
     » De grâce !
  » Eh ! gai, gai, gai, l'ami Bonnard,
    D' ta joi' veut prendr' sa part

AIR : du Premier pas.

   » Te voilà fait,
 » Ma foi la place est belle,
   » Te voilà fait,
  » Receveur, en effet :
» Dans le Moniteur, tiens, lis en la nouvelle.
» — Oui, dit Danvill', ma honte est officielle.
   » Me voilà fait !! »

AIR : Mon Dieu ! qu' les maris sont heureux !

ou Faut d' la vertu, pas trop n'en faut.

Mon Dieu ! qu' les maris sont heureux !
Répliqu' Bonnard d'un air joyeux,
Mon Dieu ! qu' les maris sont heureux !
Quand donc le serai-je comme eux ?
J' n'ai qu' ma place, il s' peut qu'on m' la r'tranche ;
  Et j' réfléchis qu'il est bien doux
D'avoir, quand on branl' dans le manche,
  Un queuqu'zun qui se r'mu, pour vous.

Mon Dieu! qu' les maris sont heureux !
Quand donc le serai-je comme eux ? } (*bis.*)

Air : Nous nous marirons dimanche.

D'un air loup-garou
Danvill' dit : vieux fou,
D'où vient qu' si fort tu t' démanches?
Tu seras cornard...
— Mais toi? dit Bonnard :
— Moi, c'est une autr' pair' de manches.
Ta femm' brill'ra ;
Dans l' grand faudra
Que tu tranches :
Qu' tu t' mett's en frais
Pour qu'ell' dans' les
Dimanches :
Ell' port'ra, ma foi,
La culott'!... — Mais toi?
— Moi, c'est une autr' pair' de manches...

Air : de Marianne.

Bonnard céd' la place à Madame,
Qui vient comm' si de rien n'était :
Drès qu'ell' voit son homm', la chèr' femme
Dans son sein cach' vîte un billet.
— Quel est, Hortense,
C' papier que, j' pense,
Vous cachiez là ?
— Mon ami, c' n'est rien qu' ça.
— Gn'y a pas, mordienne!
D'ami qui tienne :

Bon gré, malgré,
Je l' verrai,
Je l' lirai...
D'abord ell' ne veut pas le rendre ;
Ell' cède enfin, c'est l' plus prudent :
J' vois qu'elle est bien ais', stapendant,
De se l'êtr' laissé prendre.

AIR : des Fleurettes.

J' n'entends pas trop c' qu'il chante,
Mais c' que j' comprends d' mieux,
C'est qu'elle est innocente...
Les larm's m'en vienn'nt aux yeux.
Au soupir que j'en pousse,
L'voisin m'dit d'pleurer plus bas :
J' réponds : voisin, je n' pleur' pas...
Non, c'est que j'tousse !

AIR : Ah ! mon Dieu, que je l'échappe belle.

Ah ! bon Dieu, que je l'échappe belle !
Dit en s'frottant l'front
L'époux poltron
De la donzelle :
Mon patron,
J'vous dois un' fièr' chandelle !
J'ai vu le moment zoù
J'en avais tout mon chien de saoul.

AIR : A soixante ans on ne doit pas remettre.

Bref, on entass' promesse sur promesse,
V'là la paix fait'... Dieu sait c'que ça dur'ra !
Bonnard revient : Danvill', dans son ivresse,
Lui dit : mon vieux, quand est-c' qu'on t'affich'ra !

Bonnard répond : « le ch'min du mariage
» Pour un vieillard est couvert de verglas. (*bis.*)
« J'patin' trop mal pour aller à mon âge
» Où d'pus fins gliss'nt, risquer d'faire un faux pas.

AIR : O filii et filiæ.

Tant est qu' là-d'ssus la toil' baissa,
Et qu' moi, je m'dis en voyant ça :
Quoiqu' ma femm' fait pendant c'tems-là ?..
    Alleluia !

AIR : Contentons-nous d'une simple bouteille.

Du jeune auteur admirant le génie,
En me r'tirant j'allais comme un colas,
J'allais d'mander s'il est d' l'académie,
Quand j'me souvins qu' feu Molièr' n'en fut pas.
Devant l'portrait de c' grand homm' qu'on admire,
Je me découvre en passant dans l'foyer ;
Il m'a semblé que je l'voyais sourire....
C'est p'têtr' de joi' d'avoir un héritier !

Pour CADET BUTEUX,

Son Secrétaire par intérim,

JACINTHE LECLERE.

PIÈCES NOUVELLES DONT IL EST ÉDITEUR.

www.ingramcontent.com/pod-product-compliance
Lightning Source LLC
Chambersburg PA
CBHW070826160726
PP18578800001B/47